Original title: El libro de la suerte
by Sergio Lairla and Ana G. Lartitegui © 2014,A buen paso, Mataró, Spain
This edition published by arrangement with Anna Spadolini Agency, Milano, Italy
All rights reserved.

版权贸易合同登记号　图字：01-2017-1888

图书在版编目（CIP）数据

好运先生　倒霉先生／（西）塞吉奥·莱拉著；（西）安娜·G.拉蒂特吉绘；杨玲玲，彭懿译. --北京：电子
工业出版社，2024.3
ISBN 978-7-121-45622-0

Ⅰ.①好… Ⅱ.①塞… ②安… ③杨… ④彭… Ⅲ.①儿童故事—图画故事—西班牙—现代 Ⅳ.①I551.85

中国国家版本馆CIP数据核字（2023）第089086号

责任编辑：王　丹
印　　刷：北京尚唐印刷包装有限公司
装　　订：北京尚唐印刷包装有限公司
出版发行：电子工业出版社
　　　　　北京市海淀区万寿路173信箱　邮编：100036
开　　本：889×1194　1/16　印张：3.25　字数：90.9千字
版　　次：2024年3月第1版
印　　次：2025年2月第2次印刷
定　　价：58.00元

好运先生

[西] 塞吉奥·莱拉　著　　[西] 安娜·G. 拉蒂特吉　绘

杨玲玲　彭懿　译

电子工业出版社

Publishing House of Electronics Industry

北京·BEIJING

有时候风向是有利的。
你要随机应变。

好运先生过得很愉快，很开心。这很正常，因为他的生活一向如此。

他相信自己值得拥有一个假期。

"一座海岛！"他大声喊出理想的度假地。

好运先生很快便冲进了公寓前面的旅行社。你也许会说他有点冲动，但他觉得在那扇门的另一边，有自己一直在寻找的东西。

"塞雷雷！"旅行社的老板推荐说，"一座小岛，你可以在那里找到白色的沙滩、绿松石颜色的水、舒适的宾馆，而且价格很公道。"

好运先生立刻就预订了行程，并仔细听着老板说的每一句话："从这里到那方郡有直飞航班，然后你从那方郡乘火车到彼岸港，再从彼岸港乘船去塞雷雷。"

你的人生会怎么选择呢？

姬炤华

中国图书榜评委 艺术推广人｜图画书《天啊！错啦！》作者

　　《好运先生 倒霉先生》是一本从两面往中间读的书，一面是"好运先生"，另一面是"倒霉先生"。我建议先从"倒霉先生"看起，再看"好运先生"，如此，读者对倒霉先生之所以倒霉的原因，或许会有一种豁然开朗的感觉。

　　这本书的绝妙之处，在于他们原本是邻居，还都前往同一个地方度假，虽然在旅程中总有交集，却有着不同的经历、感受和结局。单纯从倒霉和好运解读也许太片面，正如培根所说："幸运的机会好像银河，它们作为个体的存在是不明显的，但作为整体的出现却光辉灿烂。同样，一个人如果具备了许多细小的必要元素，最终都能成为带来幸运的条件。"

　　在生活中，我们总是用"运气"来解释看似"偶然"的事件，可事实真的如此吗？相信看完此书大家能有更深的体会。书中有诸多细节值得我们去揣摩和探究，且听我慢慢道来。

　　我们先从"倒霉先生"看起。红色环衬给读者带来对本书的第一印象，营造出一种紧张的气氛。环衬中可以看到这位先生旅途中的诸多细节，我们可以在后面的画面里找找看。在书名页里，这位先生狼狈邋遢、满脸胡茬、双侧挎包、拖着沉重行李的形象映入眼帘，让人忍俊不禁，此时已定下一个"倒霉"的基调了。让我们好奇的是，这位先生要去哪里？去做什么呢？

　　倒霉先生并不顺遂的生活，会因一张传单的出现而改变吗？这样仓促的决定，能给倒霉先生带来什么呢？不得不说这位先生真的很有想象力，他对塞雷雷岛毫无了解，就带了两个季节的衣服准备前往，拿着箱子他就睡着了，心中满是对这次旅行的美好憧憬。这种"先见之明"靠谱吗？

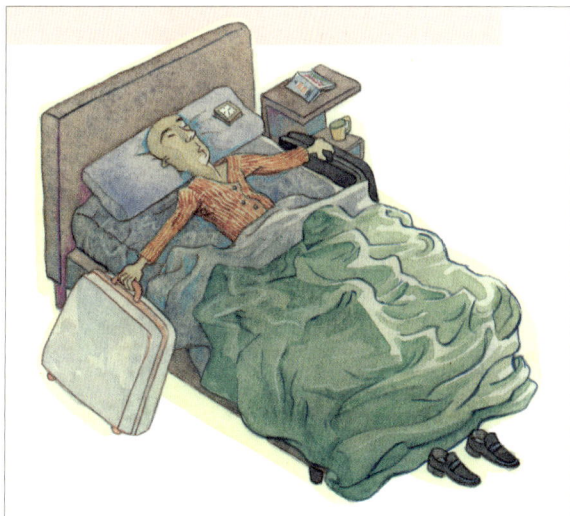

好运先生乘坐帆船跨海，景色宜人，如梦里一样。除了风景，好运先生还收获了一段了不起的友谊。也许对好运先生来说，更幸运的是认识了宾馆经理的女儿。她工作的地方离他住的公寓非常近——请仔细回想一下公寓前面的旅行社，门口有位红衣女子——人与人之间的缘分真是妙不可言！

现在，他们决定一起享受这次旅行。好运先生非常快乐，他直言自己是非常幸运的家伙，你认为呢？请仔细想想，好运先生的好运还是倒霉先生给撮合的呢！如果老太太顺利赶上汽车，还有这一切吗？热闹的海滩上游人众多，好运先生和他的新女友一起骑车。请仔细看看，画面中出现了倒霉先生，他又遇到了什么呢？如果看不清，请翻到倒霉先生的故事里去仔细观察！

好运先生也有疏忽的事情，他忘记给邻居打电话询问猫的情况，不过幸好没打，否则火灾一定会打断他快乐的假期。除此之外，他还忘记了自己的彩票。在摩天轮上，他为了抓住白帽子而丢了那张彩票……请仔细看看好运先生的彩票号码，并在这一页里找找倒霉先生的身影。我们回看倒霉先生故事的结尾，会看到这座巨大的摩天轮，也会发现好运先生终究没护住自己的白帽子，而倒霉先生捡到的彩票并不是他自己买的那张。

故事有文字的部分到此结束了，两位先生接下来的人生际遇在书中央的关门折上以无字书的形式继续着。

好运先生和倒霉先生分别结束自己的旅行回到家里，得知了房子被烧的消息。

你不必为**倒霉先生**担心，因为他捡的那张彩票中了大奖，他已经是富豪了！这是沾了好运先生的运气吗？不过他依旧倒霉着。请看，当昂贵的礼服被小狗尿湿之后，倒霉先生的姿势就和书名页里他挎包出门时的姿势一模一样！你猜他今后的生活会怎样？

而**好运先生**的好运似乎受到了挫折，他不仅痛失了大奖和富豪生活，还遭遇了倒霉先生带来的火灾！这是沾了倒霉先生的晦气吗？不过他依旧从容不迫，开始重塑自己的家园，分别不久的新女友也加入进来，最终，他们收获了一个幸福的家庭。请看，出门采购时的好运先生还在精打细算，这姿势就和书名页里他拿着地图准备出行时的姿势一模一样！你猜他今后的生活又会怎样呢？

《好运先生 倒霉先生》的有趣之处，不仅在于两位先生的故事里隐藏着对方，你必须仔细观察这位先生的画面，才能完全读懂那位先生的故事，更在于它以幽默的方式，向读者揭示了深刻的生活哲理。

在倒霉先生的生活里也有好运，而好运先生也会倒霉，也许这个世界根本就没有运气。就像培根说的，这一切都是一系列细小的选择导致的必然结果。我们选择怎样生活，生活就怎样反馈我们。

那么，你的人生会怎么选择呢？

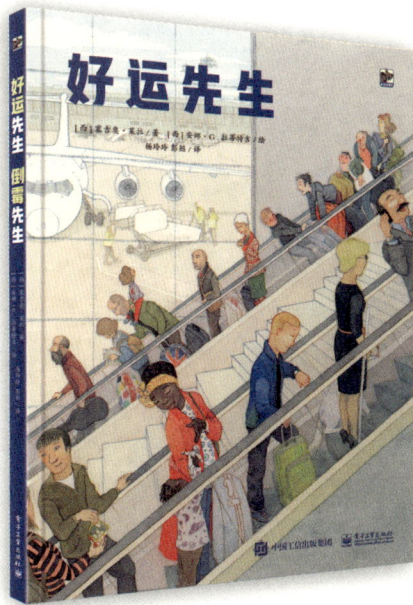

好运先生 倒霉先生

一本至少要读 99 次
才能发现所有秘密的绘本
究竟讲了什么

　　翻转本书，你可以读到两个故事，体验两段旅程。它们的主角分别是好运先生和倒霉先生。

　　好运先生和倒霉先生其实是住在一栋公寓里的邻居，但两人并不相识。好运先生是一位爱整洁、有条理，生活处处顺心的人；相反，倒霉先生却是个邋遢随意、事事不顺的倒霉蛋。他们在同一时间不约而同地选择去同一座小岛度假。一路上，两人虽没有直接接触，但"命运女神"却让他们产生了微妙的千丝万缕的联系，并最终在本书中间的无字"关门折"中达到高潮。

　　你可以先分别读完两个故事，然后再对比看看。书中包含上千处细节，角角落落布满的线索不仅编织出一张命运的大网，将好运先生、倒霉先生，以及其他许多人的命运网罗到了一起，还显露着好运气和坏运气互相转化的过程与端倪。在丰富的细节和多元视角的场景中，本书用有趣的故事，传递出丰富的人生哲理。

　　读完本书，你能找到那位神秘的"命运女神"吗？

1

贪睡坐过站的倒霉先生，在下车时才发现手提箱没了一个。他落脚的远远镇连个小客栈都没有。天色将晚，大风席卷了整个小镇，连行走都变得很艰难，暴风雨就要来了！

倒霉先生坚持趁夜走到港口，这样一来，他的倒霉也到了顶点：露宿山顶，独自面对倾盆暴雨以及随时可能被雷劈的风险。此时恰好是黑夜，画面色彩也灰暗到了顶点！作者的巧妙安排，使时间、情节、画面色彩和人物心境达到了完美的统一。

淋湿了的倒霉先生，万幸还有一箱干衣服。为了再不和这唯一的箱子分离，他选择不排队托运箱子，第一个上船，把箱子放在身边。有趣的是，箱子还是丢了。仔细看看画面，你能看出他的箱子是怎么丢的吗？倒霉先生认为这是航运公司的责任，上一个箱子的丢失则是汽车公司的责任，他还要告他们。你觉得究竟是谁的责任呢？

塞雷雷岛上的宾馆，色彩就像倒霉先生的公寓一样明快而温暖。我们可以看到宾馆里到处都是人，倒霉先生被告知房间已经没有了。谁让他第一个上船呢？只能最后一个到达宾馆了。垂头丧气的倒霉先生只能穿着不合时宜的衣服，与轻松游玩的行人擦肩而过。在画面中，你能找到好运先生吗？

正在这时，彩票的出现似乎又给倒霉先生带来了新的希望，请注意彩票的号码。这张彩票能给他带来好运吗？你还记得故事开篇的火灾吗？等待他的会是怎样的命运呢？

我们先放下对倒霉先生的担忧，翻过书来看看"好运先生"吧。开篇蓝色的环衬，让人感觉安静、稳健，环衬中也埋藏了好运先生旅途中的诸多细节，他都显得从容不迫。那么好运先生的旅行又是什么样的呢？

书名页中的好运先生看起来是位干净整洁的人。他只带了一个行李箱，且装扮得体，拿着地图，在认真地思考。看来他是有备而来的。

生活过得轻松愉快的好运先生突然想要旅行，看似冲动的他，却先去了公寓前面的旅行社。当知悉海岛环境，确认那正是自己想要的旅行后，他开始认真听旅行社经理讲述行程。即使有些烦琐，他还是一直仔细地聆听。请注意从旅行社门外走过的红衣女郎。

好运先生的旅程从闹钟准时响起开始，他有条不紊地吃早餐，准备行李。画面中好运先生的房间十分整洁，要带的物品都摆放得整整齐齐。从房间的各种细节中，我们能看出他是个生活很规律的人，东西都有固定的摆放位置，需要时不会手忙脚乱。

因为时间充裕，好运先生不但安顿好了家中的猫，还享用了邻居煮的咖啡。在他和公寓管理员交付钥匙时，你发现一个匆匆赶路的身影了吗？你知道他是谁吗？

好运先生顺利到达机场。得知飞机延误后，他没有责怪任何人。即使准备好了一切，意外也随时会发生，这就是人生，也是好运先生的"倒霉"，只是他自己并不觉得。趁着这段时间，他还选了一顶白帽子，这是他的重要标识。我们可以翻过书去，在倒霉先生的旅程里好好找找这顶白帽子。

好运先生也买了张彩票，请注意彩票的号码。在他买彩票的时候，你能发现倒霉先生的身影吗？在接下来的画面里，好运先生搭乘的飞机已经起飞了，而地面上却发生了全城大塞车，困住了倒霉先生。你注意到公寓大楼发生火灾了吗？这一切真的仅仅是运气使然吗？

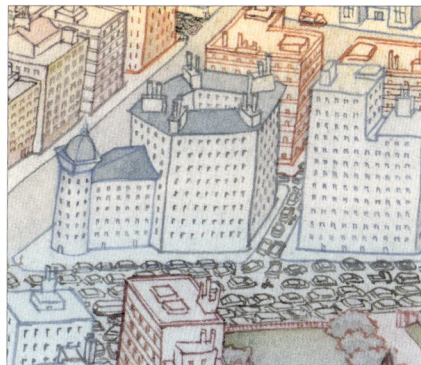

由于飞机晚点，好运先生赶不上火车，这也没关系，他选择了租车。碰巧他租到的车是倒霉先生还回的，他还发现了落下的行李。你在画面里发现倒霉先生了吗？他为了赶车，一路狂奔，不惜撞翻路人的花和一位老太太的行李。原来在倒霉先生的故事里，他没工夫帮的老太太正是被他自己撞倒的。

糟糕，老太太因此没赶上去港口的汽车！好运先生看到了这一切，选择帮助老太太整理行李，并让她坐自己的车回家。好运先生真是位完美的绅士，那么倒霉先生又是什么呢？

也许好运先生耽误了路程，但这毕竟是旅行，充满了意外，甚至是惊喜！老太太留下他吃晚餐，他也因此结识了她的儿子，还约定乘她儿子的帆船到塞雷雷，真是神奇之旅！当小镇上的暴风雨袭来时，好运先生已经在老太太家的床上睡着了。找找看，倒霉先生这时在哪里呢？

倒霉先生的早上真是热闹极了。好在他还知道自己几点该去机场，否则这趟旅行就在"慢悠悠"中泡汤了。或许并不是闹铃没有响，而是他根本没设置，反正时间紧迫只能如此匆忙，也来不及去管掉了一地的东西。请注意，有一件重要的事情他没有做，在他提着箱子走出公寓时，可怕的后果已经发生了，你发现了吗？而就在这一页，在公寓的门口，好运先生也出发了，你能找到他俩吗？他们各自在做什么？状态又如何呢？

到了机场才得知塞雷雷没有机场，倒霉先生决定去租车公司租辆车开着去。机场里人可真不少，请注意机场里还有谁？仔细观察，有哪些潜在可预见的"倒霉"事件呢？掉落的钱包，被忽略的孩子，正在喝酒的先生……想一想在他们身上可能会发生什么呢？倒霉先生还顺便买了张彩票，请注意彩票的号码。

倒霉先生看似顺利地租到了车，可现实往往事与愿违，他遭遇了全城大塞车！请注意远处的大楼发生了火灾，竟有数架直升机在救火，可见火势之猛。那正是倒霉先生的公寓。你知道它为什么会发生火灾吗？是火灾导致的交通瘫痪吗？如果是，倒霉先生给自己和别人带来了多大的麻烦，眼前他就寸步难行了。在他前方，他原本要赶的那班飞机起飞了，那上面有好运先生吗？

倒霉先生疲惫不堪地到了那方郡，可要去塞雷雷还要赶班车去港口，他可没工夫帮老太太收拾散落的行李，赶快上车睡一觉！你发现他手中的皮箱少了一个吗？在画面另一边，一个人打开了他租的那辆车的后备厢，那人是好运先生吗？不知道好运先生会怎么做，我们只能先放一放，等阅读另一面时再去找寻答案了。

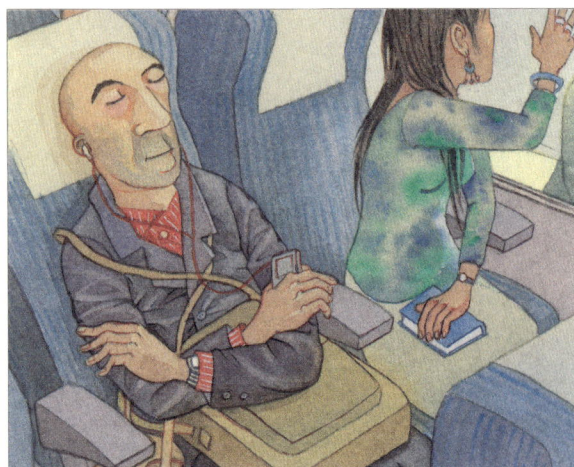

这天一大早，闹钟响了。好运先生不喜欢太匆忙。再说，有时候最好冷静行事。吃完一顿丰盛的早餐，他便开始收拾行李：一个小箱子，装下一些必需的东西。出发前，他去了趟隔壁邻居家，希望邻居能在他外出时帮忙照顾自己的猫。邻居给了他一杯咖啡，他坐下来慢慢喝，并不着急。

总之，好运先生喜欢从容的感觉。

好运先生手里拿着票，到达了机场。他的航班延迟起飞，但他并不太在意。这样他就能够安心地吃东西、逛商店。在一家商店里，他看中了一顶漂亮的白帽子。他不慌不忙地走进去，把它买了下来。在上飞机之前，他还买了一张彩票。

　　飞机贴着云层飞过，好运先生舒服地坐在座位上，从空中俯瞰城市，街道看起来像一条条大河一样。

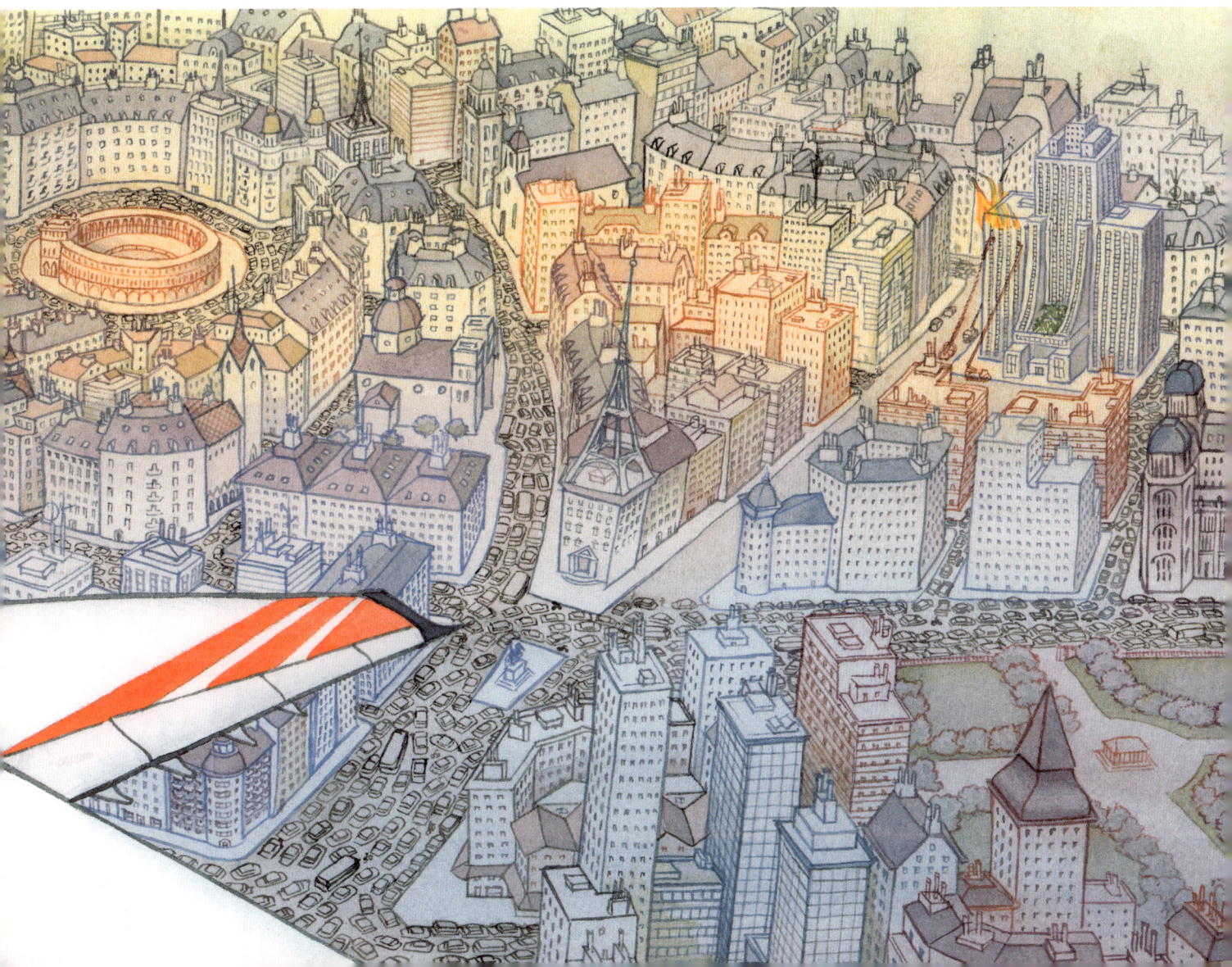

飞机很晚才到达，好运先生已经赶不上火车了。服务台的工作人员告诉他，他可以乘去远远镇的汽车，它经过彼岸港，但还得等上几个小时。

因为无事可做，好运先生决定去散散步，参观一下这个镇子。

但准备上汽车的时候，他却改变了计划，走进了一家租车公司。他很想自驾一段路程。

"真巧！"一位非常和善的女士告诉他，"有人刚还回来一辆车！"

打开后备厢时，他发现里面有个手提箱。有人把车还给公司的时候，把箱子忘在了里面。

在好运先生前面的汽车站台上，有位老太太遇到了麻烦。她的手提箱被撞开了。她匆匆忙忙地想把所有东西都放进去，可是因为太紧张，她没法把箱子合上。汽车不能再等了，她错过了这辆车。

"我住在靠近彼岸港的小镇上，"她伤心地说，"我不知道该怎么回家了。"

好运先生是一位完美的绅士，他提出让老太太搭自己的车回家。总之，他是在度假。

一路上，他告诉她自己的旅行计划，这位心存感激的女士邀请他一起吃晚餐。

接受邀请显然是个好主意。这位女士和她的儿子克里斯托巴尔住在一起，他是一位优秀的水手。

晚餐后，他们三人谈论着塞雷雷和那里的海滩。

"忘掉渡船吧，"克里斯托巴尔提议说，"在我们这里过夜，明天坐我的帆船，我送你去那里。到了那里，我会把你介绍给宾馆经理，他是我的一位了不起的朋友。"

客房准备好了。好运先生在床上躺下来，**外面暴风雨来临时，他已经睡着了。**

他梦到了海豚和汽笛声，还有一座墙壁是黑色的房子。

梦有的时候真是很怪！

好运先生一直想乘帆船旅行：蓝色的天空，翻着白色泡沫的海浪，船帆上的风，海豚们说着"嗨"……

"你还好吗？"克里斯托巴尔在船尾问。

好运先生报以微笑。除了鸣响的汽笛，他什么都有了。

他们在渡船之前早早到达了塞雷雷港。他们把船停好，一起去宾馆。

一段了不起的友谊就要开始了。

宾馆经理萨尔瓦多邀请他们吃午餐，还把过来陪自己住几天的女儿玛丽娜介绍给他们。

"你们一定不会相信，她会说五种语言，会像天使一样唱歌。"萨尔瓦多自豪地说。

午餐后，玛丽娜主动提出带好运先生参观这座岛，他当然十分乐意。原来，玛丽娜已经在这里生活一年了。

太巧了！

而且她工作的地方离好运先生的公寓只有两个街区。

真没想到！

　　靠近海滩的地方有个游乐园，好运先生喜欢在空中旋转和飞翔。他就像个孩子一样！

　　大转轮旋转的时候，玛丽娜抓住他，他抓着帽子，以免帽子飞走。

　　好运先生感到很满意："总之，我是个非常幸运的家伙。"

　　就在此时，他想起了他的猫，于是决定一回到宾馆就给邻居打电话，看看猫的情况怎么样。

　　可是这一天很长，他忘记了打电话。这样更好，他有更多的时间去享受塞雷雷。

倒霉先生顶着烈日，慢慢地穿过挤满了欢乐人群的大街。

他不知道该怎么办。

也不知道自己为什么要从家里出来……

靠近海滩的地方有一个游乐园，可是他觉得没意思。他现在只想回到自己的小公寓，然而糟糕的是，渡船要到第二天早晨才开。倒霉先生垂头丧气地走着，眼睛盯着地面。啊，他突然找到了一样东西，太巧了！

"嗯，嗯，嗯，那不是我的彩票吗？"他吃惊地叫起来，"怎么会掉在这里？"

他又泄气又累，手里拿着彩票，一直走到大街的尽头。在那里，他找到了一家彩票公司，尽管今天好像不是个幸运日，但他还是决定去兑奖。

毕竟还有大量的时间去享受塞雷雷。

他终于到了。岛上只有一家宾馆，他只想洗个澡，休息一下。

"对不起，先生，"接待处的人告诉他，"今天这艘渡船带来了大量旅客，我们没有空房间了。"

倒霉先生已经没有力气抱怨了。他一句话都没说，转身离开了宾馆。

倒霉先生有点儿头晕，头也疼，但最糟糕的是，他怎么也想不明白，竟然有人从他眼前偷走了他的手提箱。

"这是一个阴谋！我要控告航运公司！"他气愤地叫嚷着，"还要控告汽车公司！他们会看到我可不是开玩笑的！"

第二天早上，倒霉先生全身都湿透了。

幸运的是，他的手提箱里还有一些干衣服。

往山下走要快得多，他很快就走到了彼岸港。他可以先买船票，然后在咖啡厅喝一杯热巧克力。

靠近渡船，有一排望不到头的队伍等着放行李，但他已经决定再也不和剩下的这唯一的手提箱分离了。他要把它留在身边，不让它离开自己的视线。

倒霉先生赶紧找个好位子坐下，享受他的航程。

他是第一个上船的人，可是当船到达目的地时，他将是最后一个踏上陆地的人。

快到山顶的时候，他发现了一个小屋，可以当庇护所。可是它太小了，倒霉先生带着手提箱很难挤进去。因为太冷，他蜷缩着身体不停地发抖，一直在低声抱怨。

　　这一天极其漫长。他真该试着睡一会儿。

"好吧，出发吧！上路吧！"
拿着手提箱的倒霉先生对自己说。

　毫无疑问，这个男人看起来像个英雄。

　彼岸港在山的另一边。坏消息是，暴风雨就要来了。

　现在下起了倾盆大雨，倒霉先生拖泥带水地行走，每一步都很困难。

这个地方连个小客栈都没有。

真是一场灾难！

司机为了安慰他，告诉他彼岸港并不远，只要他穿过这片田野。

　　司机叫醒他的时候，汽车已经到达了一个小村庄。这里是远远镇——马路长得望不到尽头，在这里，当然找不到港口。更糟糕的是，找遍了整个汽车，倒霉先生只找到一个手提箱。

　　"小偷！"他大叫道，"有人偷走了我的一个手提箱！"

整个车站看起来就像一条障碍赛跑道，而倒霉先生就像一名真正的运动员。一位老太太挡住了他的路，他差点儿没赶上汽车。

终于坐到了座位上，他松了一口气。现在，他要休息一下了。

可是倒霉先生没有按时醒来，他坐过了站。

倒霉先生开了一整天的车。他太累了，真想睡一会儿。

在汽车站，人们告诉他，要去塞雷雷的话必须先坐车去彼岸港，然后搭早上的渡船。

"但你必须快点儿，"人们提醒他，"最后一班汽车就要出发了。"

"彩票明天开奖，"卖家告诉他，"我肯定你会中奖的！"

不料发生了火灾，整个城市都瘫痪了，交通大堵塞！但是，至少他有自己的车。

他一到机场，就询问去塞雷雷的航班。

"塞雷雷没有机场，"工作人员回答他，"离这个海岛最近的机场在那方郡，但是今天的航班都满员了。"

倒霉先生看见前面有一家租车公司。

他决定了。"好吧，"倒霉先生自言自语道，"我开车去，就这样！"

离开之前，倒霉先生买了一张彩票。

"快去机场！"他对着出租车司机尖叫。
于是出租车像动作片里那样呼啸而去。

倒霉先生没有睡好，起床确实是个很大的考验。现在他需要咖啡清醒一下。

"真是一场灾难！现在已经过了上午十点！"

闹钟没有在预定的时间响。

在这种情形下，倒霉先生只好快速行动。

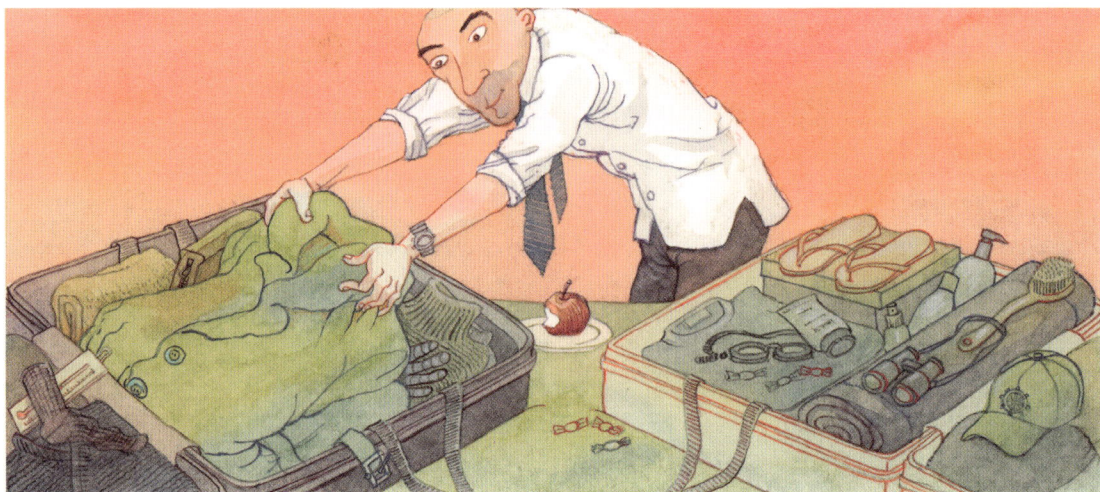

他一回到家，就拿出两个行李箱来。他在一个箱子里放冬天的衣服，在另一个箱子里放夏天的衣服。倒霉先生是一位有先见之明的人。然后，他上床睡觉，再然后，他睡着了。

他梦到了棕榈树和一顶飞行的白帽子。

有时候你会遇到逆风。

这时候就不适合开启一个大计划。

倒霉先生这一年来过得都不顺。他一
边想，一边垂头丧气地走路，眼睛都没
抬。他走进公寓大楼，看起来很疲惫。地
上丢着一张传单，上面写着"塞雷雷：神
奇海岛之旅"。

"为什么不呢？"他觉得有点惊喜。

既然现在丢掉了工作，那就有充足的
时间去度假了。

倒霉先生

[西]塞吉奥·莱拉 著　　[西]安娜·G.拉蒂特吉 绘

杨玲玲　彭懿 译

电子工业出版社

Publishing House of Electronics Industry

北京·BEIJING

BOCETO 11

RICO Y FAMOS

71€

40%

60999